깜깜

안성덕

시인의 말

사십 리 밖,
신태인역 기적 소리가 자주 들려오고

저물녘 구불구불
따라나선 소년은 어디서 내렸을까?
세월 저편이었을까?
세상 밖 다른 나라였을까?

아니, 아니었다.
그 저녁 기차에 올라탄 건 내가 아니었다.
시절도 사람도 나만 홀로 여기 두고 죄다
사라져 버렸다.

2023년 가을
안성덕

깜깜

차례

2부 걷고 걸었으나

3부 스스로 종메가 되었을 터

4부 도란도란 양철 대문 집

1부
더 붉게 물들자는 약속

꽃불

노글거리는 바람 따라 앞산에 갑니다

진달래 꽃망울이 영락없는 성냥알이네요

사나흘 봄볕에 그어 대면
확, 온 산을 태우겠습니다

깜깜

운다
숨바꼭질하던 손녀가
꼭꼭 숨어든 네 살배기가

눈물범벅 콧물 범벅
하얗게 질려 있다 깜깜
지워진 세상 헤어나지 못한다

고래 배 속 같은
어둠이 두려운 지니야
더 무서운 건 환한 세상이라는 걸
속속들이 발가벗겨지는 거라는 걸
알지 마라

네 눈동자 속 까만 머루알이
내 눈엔 없구나

못 찾겠다 꾀꼬리,

제 알몸 애써 안 보고 싶은
벌거벗은 임금님처럼 지니야 나는
눈을 감는다
깜깜

지나간 사람

분명했네
분간할 수 없었던 티끌이
별만큼 보이다가 달이었네
점점, 사람이었네

달보드레한 눈빛 건넬 겨를 없이
차오르는 숨 불어 줄 틈 없이
순간이었네
달이었던 사람 티끌로 멀어졌네
두근거리던 심장,
솜털 잠시 쏠렸던가

마주 오는 사람 아니라 이미
지나간 사람이었네
오늘 아침 아니라 벌써
어제 아침이었네

별이었다가 달이었다가 다시 티끌이 되어 버린

찰나 같은

포터 마하리

예순둘,
한눈팔 수 없는 벼랑 외길이었다
수천 길 낭떠러지 아래
노새 해골이 이정표였다

일당 천 루피,
만 원 한 장 무게가 이십오 킬로그램일까
졸라 캠프까지 열 시간
진땀 값일까

짜파티로 허기를 재운
파휴 캠프, 마지막 달빛이 불침번을 선다
늙은 짐꾼은 짐이 될 뿐
이미 아무도 짐을 주지 않는다
길은 여기까지, 뭇별이 글썽인다

죽는 셈 치자,
수천 번 두 눈 딱 감았을 길 되감으며

그가 가라앉는다

카라코람 아래 세상 베이스캠프로
무사히 돌아갈까
짐 벗어 곧게 펴진 등이 K2보다 아득하다
평생 짐 졌던 자는 안다
빈 지게가 더 무겁다는 것

마하리의 등에 가려 텔레비전 속 초고리*가
보이지 않는다

* Chogori, 발티어로 큰 산이라는 뜻. 해발 8,611m, 일명 K2라
불리며 에베레스트보다 낮지만 오르기 더 어렵다.

맛있는 오독誤讀

　인삼 달이듯 졸이고 졸여 엑기스를 만들어야 해요
생각도 말도 고면 골수록 쌉싸름하거든요 읽는 사람 맘
에 좋고 뒷맛이 오래 남거든요 그게 바로 시예요

　"우리 고부가 기름이다."……
　전주종합사회복지관 한글 고급반 금순 할머니, 더 못
잇는다 자꾸만 손으로 가린다 세상에! 고부간이 물과
기름이라니! 며느리가 구박하나, 며느리살이가 고초당
초보다 맵나, 꼬리에 꼬리는 안쓰럽게 물리고

　"봄비 오는 날 장꿩이 운다. 그 소리에 내 맘이 요상하
다." 맨 뒷자리 말례 할머니와 옥신각신 명식 할머니가
묻는다 시인 선생님, 비 오는 날 꿩이 운대요 안 운대요?
꿩 꿩 적마이 대신 울고

　미적거리던 금순 할머니께 은근슬쩍 다가간다 "우리
는 공부가 지름길이다." 허! 고급지게 고쳐 놓았다 분명
저 시침 뚝 떼는 페도라 쓴 맏딸 또래 선생님 솜씨렷다

창밖엔 봄비 촉촉하고 뒷산 장끼 잠시 목 축이러 간
사이, "우리 고부가 기름이다."에 참기름 두어 방울, 오독
오독 고소하다

엄마 생각

주말 오후, 치킨집 아들네 네 살배기를 데려왔습니다 삼십 분도 안 돼 엄마가 보고 싶어 칭얼댑니다 핸드폰에서 모녀의 꿀물이 뚝뚝, 행여 튀김 솥에 떨어지면 달아 못 먹을 것 같습니다

한참을 삐악삐악 구구거리더니 겨우 전화를 끊습니다 지니는 정말 좋겠다 엄마가 있어서, 할아버지는 엄마가 없어 슬퍼, 자꾸 눈물이 나, 말 채 끝나기도 전 내 어깨를 감싼 녀석 토닥입니다 울지 마, 조금만 기다려, 내가 얼른 어른 돼서 할아버지 엄마 해 줄게,

울지 말라면서 울립니다 어린것이 울고 싶은 할애비 뺨을 때립니다 나보다 먼저 치매 걸릴 일 절대 없을 병아리 엄미 는 죽어도 아들을 잊어 먹지 않겠지요 어머님 삼주기 이튿날입니다

입동

보리밭 이랑에 일렁이는 바람 냄새 맡아 보지 못했습니다

우산 없이 흠씬, 소낙비 속에 하염없지 못했습니다

손잡고 가, 타는 단풍보다 더 붉게 물들자는 약속 깜빡했습니다

눈발 날리는 아득한 벌판에 서 보지 못할 게 뻔합니다

일 없다

허리 아프다 한나절
빈둥대기는 누워 떡 먹기가 아니다

한여름 붐비던 다리 밑
노부부가 비둘기에게 무료를 던져 준다
일없다는 듯 비둘기
구구구 대꾸 없다
일 없어 나앉아 있는 냇가
냇물은 제 갈 길 간다

그 옛적 농사꾼 아버지
눈뜨시랴 코 뜨시랴
하루가 이틀이었으면, 하셨지만
한 날이 하루였으면 따 좋겠다
아침 먹고 점심 먹고 또 저녁 먹어야 하고
먹는 일이 일이다

갈대숲 참새 떼 어제처럼 재잘, 재잘거린다

저 물소리는 어제 그 물소릴까?
게으른 놈 핑계 대기 좋게
일없이 부슬비 내리고

청춘 고백*

달면 삼켜 두고 쓰면 뱉어내고
생각하면 생각사록 죄 많은 청춘을 노래하는 악사
주름이 깊다
한숨 쉬듯 바람통을 폈다 접으며
가슴을 쥐어짠다

부챗살처럼 펴졌다 오므라드는 얼굴이
울음통을 부풀린다
지그시 눈을 감는다 눈가의 골 더 깊어진다
이 대목쯤, 말없이 떠나보낸 내 청춘도 한 소절
고백해야만 할 것 같다

입에 달고 부르는 유행가가 제 사연 된다던가,
헤어지면 그리웁고 만나 보면 시들하고
다시 또 불러내는 곡절 문득 궁금해진다
저 깊은 주름이 부풀린 울음통 아니면 그의 고백은
곡조가 되지 못할 것이다

쪼그라든 세월에 풀무질하는 걸까 연신
어깨를 접었다 편다
다시 못 올 청춘을 고백한다
봉오리 꺾어서 울려놓고 본체만체 왜 했던가
생각사록 죄 많은 내 청춘도 애달프긴 매한가지다
왕년엔 한세월 주름 잡았을 노악사, 얼굴이
아코디언 바람통 같다

* 1955년 발표된 남인수의 노래.

소년은 어디 갔나

처마 끝 낙숫물이
물확에 동그라미를 친다

문득 네 생각,
동그라미 속 동그랗게 밀려나는
축음기판 소리골에서
옛이야기를 듣는다

눈 큰 짐승처럼 축축한
소년이 걸어 나온다
도롱테 굴리며 너는 어디 갔었나,
겹겹 둘러친 나이테 속
아득한 시절이 횡설수설
흘러넘친다

가을비 추적거린다
빙글빙글 돌아와
물확에 갇힌 나는 멀미를 하고

낙숫물이 그리는 동그라미 속 동그랗게 갇혀 소년은
옴짝달싹 못 하고

허밍

콧소리로나 따라가는
목청껏 부르지는 못하고 그저
갈잎 부딪는 소리로나 흥얼거리는

산등성이엔 희미한 낮달
강변 버드나무 가지 위
속울음 삼키는 까치
빨아 가는 강물 속
제자리에서나 뒤채는 피라미

물수제비뜨는 건너편 반백의 사내가
텀벙텀벙 건넜을 청춘처럼
하늘엔 구름 몇 조각,
불리 본디고 다시 노래가 되랴
시절이 다시 오랴

어깨에 내린 노을같이
상강 지난 새벽 식어 가는 방구들같이

서럽지는 않게

노래가 되지 못하고 흐음 흠 따라가는

가을 강

눈썹 처마 아래 쪼그려

쓰르라미 자지러지고
먹장구름 몰려온다 우르릉
낮잠 잔 나 대신
깜짝 놀란 선풍기가 둘레둘레한다

파시통통 누가바 쭈쭈바 옥동자가
천 원에 세 개,
고민 고민을 삼천 원어치나 고른
네 살배기 진땀인 듯
먼지 나는 맨땅에 굵은 빗방울
후두 후두둑

크레용미술학원 눈썹 처마 아래 쪼그려
행여 누가 볼세라 나는
누가바를 못 깨물고
아이는 파랗게 쭈쭈바를 빤다
쪽쪽 쪽 아껴 먹지 않는다

미술학원 꼬맹이들 어느새 무지개를 그려 놓았다

오소소 돋는 소름

춘포역*

여름 떠난 플랫폼에
가을이 도착했네

봄 나루에 배 끊겨 못 간다,
붙잡는 손 뿌리치며
당신 떠나갔네
폭폭한 나는 영영 보내지 못했네

철 지난 청춘처럼
흔적뿐인 철길 옆 접시꽃 이미 시들었네
다 제 잘못이라는 양
해바라기 고개를 못 드네

꽃 피면 돌아오다던 그 약속 어디 가고
나 홀로 피고 지나,
텅 빈 대합실에 앉아
오지 않을 기차를 기다리네

사람도 시절도
바람처럼 지나가 버렸네
계절만 오가고, 끝내 당신은 오지 않을
춘포역春浦驛 플랫폼
소리 없이 기적이 우네

* 익산시 춘포면에 있는 전라선 폐역.

개나리꽃 이미 졌고요

노을반 아가 예닐곱
나들이 갑니다
앞서거니 뒤서거니 행여 길 놓칠세라

가슴팍에 단 콧수건도 없이
기저귀에 지린 간밤처럼
애기똥풀 노랗게 번진 둑길을 갑니다
재활보호사 선생님 따라
병아리마냥
뽕 뽕 뽕 앞만 보고 갑니다

은빛요양원 언덕바지 개나리꽃
이미 졌고요

2부

걷고 걸었으나

우물

시렸습니다 행여 시름시름 사대 독자 유복자 빠질세
라 높았습니다 항상 대문이 닫혀 있던 청기와집 뒤란이
었습니다 적막했습니다 열 길 두레박을 내려 퍼 올렸습
니다 그믐밤 같은 우물엔 물 긷는 얼굴조차 뜨지 않았
습니다 두레박 끈 말고 명주실 한 꾸리 명줄로 내려 주
십사, 새벽마다 첫물 떠 조왕신께 빌고 빌었습니다 돌아
앉아 짚수세미로 흰 고무신을 씻는 손주며느리 목덜미
가 옥양목처럼 희었습니다. 말을 잃은 듯 언제나 꾹 입
다물고 있었습니다 하늘을 보고 우물을 보았습니다 철
렁거렸었습니다

우물이 말랐습니다 돌확엔 세월이 고였고 장독은 깨
졌습니다 집안 내력을 발설할 수 없다는 듯, 꾹 덮개를
쓰고 있습니다

영화수산

살려 주겠다는 것이 아니라
살려 두겠다는

영화수산 활어 운송 트럭
눈물처럼 짠 바닷물을 찔끔
찔끔 흘리며 가네
수조 속 놈들
숨 안 쉬면 어쩌나, 산소통 달고 가네

주연은 당연
물음표 끝 미늘을 덥석,
삼켜 버린 놈들? 아니 그게 아니 아니
영화수산 사장이네
탐라활이횟집 주인이네
차진 살점 위 한 점 와사비네

산소 호흡기 물고 엑스트라 되어 버린
영화 같은 시나리오네

살려 준 게 아니라 잠시 살려 둔
행여 숨 쉬는 일 잊어 먹을세라, 수조 속에
메기 한 마리

눈감아 주다

박박 문지르고 쓸고 닦다가 내가 나까지 쓸어 버렸나 지워 버렸나, 못 본 척한다 세면대 거울 속 엉거주춤이 민망해 물 한 바가지 끼얹자, 일그러진다 혹시 내가 유령?

하루 두어 번은 마주치면서 모른 체하나, 십수 년 인문대 화장실 휴지통을 비워 줘도 눈 밖에 났나, 구석에 세워 둔 빗자루로 대걸레로 보이나, 아랫도리 까고 오줌을 싼다 똥 싼다

빤쓰 갈아입다 눈 마주친 제 어미 생각이 난 걸까, 나란히 오줌 누던 신입생인 듯 못 보던 녀석 두엇 부르르 도리질을 친다 안 본 척 눈 감는다 꿩 새끼처럼 제 눈 가린나

멀쩡히 두 눈 뜬 나도 본 것 하나 없다 거울 속 유령도 나를 본체만체

수렵의 습성

고깃덩어리 발기던 송곳니가, 피 맛본 주둥이가 한번 물면 결단코 놓지 않는 아귀가 되었다

식솔들의 주린 배가, 동굴 밖 멧내가 머리맡 돌멩이처럼 주먹 움켜쥐게 했다 할퀴고 찔려 아문 굳은살은 찔려도 피 한 방울 안 났다

사냥 나간 새 축냈을라, 암컷의 입속을 핥아 보던 비상한 혀로 오만 데 침을 바른다 짱박아 두던 버릇으로 주머니 여럿이다

움막으로 돌아오던 길, 웅덩이에 괸 포도 썩은 물을 퍼마시던 타는 갈증은 핑계

갈수록 달리는 힘, 겁먹은 눈 감추려 세상 수컷들은 눈 부릅뜬다 걸핏하면 왕년을 들먹거린다

트랙 위의 사내

자정 넘은 운동장
한 사내 트랙을 감고 있네
천천히 돌면 안으로 빨려들고 너무
빨리 돌면 밖으로 퉁겨 버리는
물리쯤 알 나이네

저 달이 지구 한 바퀴면 한 달
간신히 버티고 서 있는 이 땅덩이가
해를 한 바퀴 돌면 일 년
달처럼 돌자,
지구처럼 돌자,
감고 감는 것일 터이네

뉘라서
없는 허들에 걸려 고꾸라진 적 없으리
세상 가로지르고 싶은 적 없으리
넥타이 풀어 갑갑한 숨통 트고
태엽을 감네

경주는 아직 끝난 게 아니다 트랙에서
내려오지 않네

달이 가도 해가 가도
감은 트랙 째깍째깍 풀어 가며 저 사내
세상에 빨려들지 않을 것이네 끝끝내
세월에 튕기지 않을 것이네

모래내시장

　자— 한 판에 삼천 원, 계란 장수 마이크는 목이 쉰 지 이미 오래 오늘따라 텁텁한 목구멍에 털어 넣을 파란破 卵도 없네 진밭다리 버드나무 아래, 얼굴보다 전대가 큰 큰이모뻘 할매의 열무 단 숨이 죽네 손두부 집 청국장 은 좌판에서 더 떴나 어제보다 쿰쿰하네 아이고 이놈 의 물팍 또 쑤시네, 파리 쫓는 생선가게 정순 씨 일기예 보에 죄다 멀쩡한 하늘을 올려보네 상기된 노을 위로 에 스프리화장품 새댁 빼꼼 좌우를 살피네 남은 해는 겨우 반의 반 뼘

　피장파장이 안심이네

개밥바라기

어둑살보다 먼저 옵니다 검둥개 저녁 먹으라고 나옵니다 저기 다가오는 사람이 밥을 줄 주인인지 저를 묶어갈 개장수인지 두려울 녀석, 어서 가 안심시키라고 떴습니다 이슬 차고 나온 사람들 허청허청 제집 찾아갈 때, 저기 저 기다리는 게 대문간에 꼬리 치던 녀석인지 사흘 굶은 늑대인지 분간 못 할 때, 안심하라고 떴습니다

개밥바라기 뜰 무렵 사람의 마을에도 등불이 켜집니다 식구들 어서 돌아오라고, 둘러앉아 밥숟가락 들자고 집집 밝힙니다 동구 밖에 검둥개 마중 나가듯 먼저 들어와 마중불 환하게 듭니다 아득한 고향 집엔 어둑살보다 먼저 저녁연기 피어올랐지요 가마솥 밥물 내 넘쳤지요 날개 달린 것들도 개밥바라기 등대 삼아 제집에 날아들었고요

지평선

어느 큰손일까, 하늘 끝과 땅끝을 맞잡아 박음질했다

기러기 떼가 언 보리 싹을 뜯었다 때로 서릿발이 솟았으나 쌓인 눈 아래는 견딜 만했다 볏짚 태운 재처럼 날리는 까마귀 떼를 쫓으며

입춘에 나선 길, 아지랑이 좇아 논둑을 넘다가 그만 발길이 꼬이기도 했다 이제 이불 속은 답답했다

까끄라기가 살을 파고들고 정수리가 찐득거렸다 고수레 같은 몇 방울 땀으로 목을 축이고 다시 또 길, 무자치가 발목을 감는 악몽 걷어찼다

걷고 걸었으나 제자리였다 이마에 내린 찬 이슬, 번쩍 정신이 들었다 잠꼬대처럼 홑이불을 끌어당겼다

입동 지난 어스름 하늘, 다시 또 철새가 남으로 줄을 잇는다 서녘이 붉다 바늘에 찔렸나, 비릿한 핏빛이다

젊은 아버지 어머니가 덮던 솜이불도 저랬겠다

밥

1

깍깍 까치가 깨운 아침
싸락눈 길 밀려가네
한술 말아 숟가락 쥐여 준 콩나물국
씹지도 않고 후루룩,
전군산업도로 백 리 출근길이네

소싯적, 명절 때나 간신히 꼴 보았던
두어 근 붉은 살코기

2

앞뒤 분간 없이
뛰어들었을 것이네
내리 사흘 굶겼다 내 새끼들,
닥닥 도가지 긁다
쌀되나 꾸러 가로질렀을 것이네

끼이-익

한순간 한생이 감겼을 것이네

3
국물도 없이 식은 밥
목메게 밀어 넣네
부리에 묻은 저 저 아침노을, 비리네

누굴 불러다 먹이려나
부고장을 돌리려나
몇 술 뜨다 말고 황급히 날아가네
한 마리 까치

쏠린다는 말

젖먹이 떼어 놓고
물리지 못한 젖이 돌아
적삼에 밴 한 모금 같은

팔려 가는 새끼 등에 얹혀
동구 밖까지 따라붙는
그렁그렁 어미 소의 눈길 같은

제 밥숟가락 들고 떠나가는
초겨울 신태인역 대합실
차마 붙잡지 못하던
멀어지는 기적 소리에
밤새 구로동으로 문래동으로
마음만 따라붙던
장승 같던

북쪽 하늘만 봐도
핑그르르 눈물이 돌던

아닌 허기에
밤 깊어 한술 찬밥으로 목이 메던

하루에 두 번씩 달을 향해 차오르는
밀물 같은

찌그러진

새벽 다섯 시 반
남양아파트 엘리베이터 구석에
찌그러진 Cass Light 맥주 깡통, 누군가
반쯤 남겼네

안은 충분히 환해서
깜깜한 바깥세상 홀짝홀짝 짚어 오던
라이트를 껐나,
바싹바싹 타는 사막 같은 세상 앞에
오아시스처럼 남겨 두었나,

아니 아니네
병째 들이부어도 허한 속 채워지지 않아
밑이 빠졌나, 확인한 것이네
좀체 사그라지지 않는 속불
집 안에 옮겨붙을세라
잔불 다독이고 들어간 것이네

두고 간 맥주 깡통처럼 반은 찌그러졌을 사내
빈 깡통 소리 들을세라 차마 몇 모금 남겨 둔 사내
새벽 기도 다녀오다 만났네

동물의 왕국

테레비도 안 봤어 테레비! 사자가 제 새끼를 절벽에서
밀어 버리잖아, 아빠는 목에 핏대를 세웠고

밀림에 사는 꼴은 못 봐 아니 안 봐! 캥거루처럼 공원
에서 뛰놀게 할 거야, 엄마는 팔짝팔짝 뛰었다

아직 애기야, 제발! 엄마는 앞을 막았고 암말 마! 겁 모
를 때 배워야 한다구, 귀 막은 아빠는 우전초등학교 운
동장에 나를 끌고 갔다 나보다 먼저 엄마가 후들거렸고

먼 데를 봐 먼 데! 멈추면 고꾸라진다! 꽉 잡을 테니 걱
정 말고……, 뺑쟁이 아빠는 있는 힘껏 나를 밀어 버렸다
제 새끼를 버렸다

어어 어 아 안 돼! 엄마의 말문이 막혔고, 그래 그렇지!
아빠는 신이 났다 이마가 깨진 건 나였고 찔끔거린 건
엄마였고 사내새끼의 아비는 아무렇지도 않았다

사월 어느 일요일 오후, 노란 두발자전거에서 튕겨 이마가 깨졌다 떨어진 목련 꽃잎에 핏물이 배었다

　즐거운 우리 집 거실, 아프리카 사바나에서 캥거루가 어슬렁거렸다 호주 멜버른공원에서 사자가 뛰어놀았다

프리스비*

고! 고! 고!
사람의 목소리에 잔뜩 흥이 묻어 있다
날아가는 개
뒤통수에 캐치! 캐치! 이제야 입이 풀린 듯하다

심드렁한 개 앞에
이리저리 원반을 돌리며 잔디밭에서
몸 풀었다 한동안 재롱부렸다

원반보다 빨리 뛰다가 슬렁슬렁 달리다가
멈칫 멈칫거리며 바람처럼 날아오르며
개가 어른다

나시 또 힘껏 던지는 사람을
낚아챈 원반을 물어다 주며 놀린다
재주 넘어 던져! 가랑이 사이로 던져!
한 개, 두 개, 다섯 개

개의 목을 간질이며 등을 쓰다듬으며 휘파람 불며
흔적뿐인 꼬리를 흔든다 반려인이
맛있는 육포를 내민다

공원 잔디밭에 따라온 사람을 데리고 개가
일만 년 전 제 발로 산에서 내려온 늑대가
더 멀리! 더 빨리! 더 높이! 컹컹
짖는다

* 원반을 던져 땅에 떨어지기 전에 개가 물어 오게 하는 경주.

낮달이 있는 풍경

무논에 뜬 낮달도 지우고
눈 가리려
제 몸에 자꾸 흙탕을 바르는 미꾸린지 개구린지

걷어붙인 잠방이,
마파람에 눈 씻으며 찢어져라 가랑이
겅중대는 왜가리

산 그림자 사이로 비켜 날며, 연방
살을 재는 제비

작대기 받치듯 허리 괴었던 양손 풀어
써레질에 튄 흙탕
쓰윽 쓱 마른세수하는 초여름

부지깽이 데리러 갔나, 반쯤 모내다 만 윗배미
마파람 끝에 묻어 있을 비

채근하는 길 멈춰 세우고 꿈결인 듯 한갓진 나
가만 내려다보는 낮달

외딴집

개다리소반에 밥통째
개밥바라기 뜨기 전
서둘러 저녁을 먹었다
초사흘 눈썹달은 잰 며느리처럼
선걸음에 돌아갔다

오뉴월 대추꽃처럼
자잘한 생각이 점도록 꼬리를 문다
불 꺼진 방에 테레비 두런거린다
갈수록 밤은 길고
늦 배운 담배는 아직 맵기만 하다

선잠 속 먹골댁
대문 밖에 귀 열어 둔 채
숨을 고른다
장마 통 맹꽁이처럼 이따금 꽈리를 분다
밤 깊을수록 별 더욱 또렷하고

마루 밑 누렁이 짖을 일 없다

3부

스스로 종메가 되었을 터

햇살 한 통

우편함이 가득하다

어제저녁 들여다봤는데
분명 텅 비어 있었는데
배달부가 새벽같이 다녀갔나,

쓰레기 버리고 돌아와
열어 본 우편함이 텅 비어 있다 아니
한 통 햇살 환하다
영락없는 알 품은 어미 딱새 품새다

먹장구름 뒤
파란 잉크 찍어 한 장 뭐라 썼을까,
눈이 부셔 읽을 수 없지만
분명 딱새 새끼 주둥이 같은 노란 소식 들어 있겠다

장마 끄읕!

75분의 1초

당신과 나 사이
없던 강이 흐르네

떠나 버린 당신과
남겨진 나 사이
문도 없고 창도 없는 벽이네

습관처럼 켜 놓은 라디오
노래 안 들리네
싸락눈 밟으며
울먹울먹 달려온 지평선 너머
아득하네

없는 강을 건너 버린
꽝꽝 언 당신,
남으로 머리 두른 기러기 줄지어
은하수를 건너가네
벽 같은 어둠을 열고 가네

문득 하늘을 가르는 별똥별 하나, 흔적 없네
하늘에 경계 없네

그믐

뭘 감추는 걸까
무슨 생각 그리 골똘한 걸까
깜깜한 그믐 말고
환한 보름에 들여다봐야 알 수 있을까, 달

슬며시 그대 손목 잡으려던 생각
절굿공이 맞잡고 쿵덕
쿵덕 찧으려던 방아
멋쩍어 그랬을까, 그대 모른 척했다
그믐밤이었다

끝내 안 보인
눈감은 그 대답으로 나는 버텼다
달의 뒤편을 기웃거리며
한 쟁반 은근할 보름을 고대하며

곰곰 생각해 보니 그대
어두운 그믐 같은 속내 보여 준 거겠다

어느 가을밤 누님처럼, 달도
뒤돌아 소슬바람 소리로 옷 갈아입는 거겠다

안 보여 준 게 아니라 차마
못 본 거겠다

등대

밤,

눈 씻고 본다 저 멀리 꺼질 듯 가물거리는, 분명 한 점
불빛이다 북두칠성 그 국자 끝을 따라가면 박혀 있던
붙박이별이 사라지니 난바다 어딘지, 내가 누군지 알 길
없다 하나 너로 하여 막막하던 길이 보인다 어제보다 오
늘 조금 더 먼바다에 나갔던 것, 방파제 끝에 마중 나온
너 때문이다 내색 안 했지만 철석같이 믿었다 내미는 손
잡는다

낮,

두 눈 멀쩡히 뜨고 길을 잃었다 암초에 걸려 오도 가
도 못한다 막막한 가슴 주먹으로 친다 끝 간 데 없는 세
상 흔들린다 너는 캄캄한 내게 한잔 소주를 따른다 내
일도 모레도 비바람이 뺨을 갈기고 풍랑 높을 것이나,
지친 등 받아 주는 너로 하여 지워진 길 찾을 것이다 한
나절 방파제 끝에 앉아 가슴을 쓸어내린다 너, 대낮보
다 환하다

꽃이 집니다

빛을 잃어 갑니다 그만 몸을 떨굽니다 화무십일홍, 영화가 길지 않다는 말인 줄만 알았습니다 꽃이 짧다는 말인 줄 까맣게 몰랐습니다

꽃은 향기가 그윽해 꽃일까요? 빛깔이 고와서, 모양이 예뻐서? 그러게요, 왜 꽃인 걸까요? 꽃을 보고 우는 사람 없습니다

사람의 재주가 꽃보다 더 꽃 같은 꽃을 사철 피워내지요 꽃을 보면 누구나 큼큼 코를 대지요 만져 보고 영원히 시들지 않을 조화엔, 절레절레 고개를 젓지요

꽃이란 꽃 죄다 집니다 담장 위 덩굴장미가 졌고 화단가 접시꽃도 집니다 시들기 위해 피어난 꽃, 열흘을 못 넘고 져야 꽃입니다

연분암

깜짝, 달아나는 다람쥐를 쫓던 눈에 하루살이가 날아들었다 아무리 용을 써 봐도 빼낼 도리 없다 눈 깜빡보다 빠른 찰나였다

첫눈에 들어와 하루 스물다섯 시간씩 생각나는, 앗차! 널 담은 마음 그만 내려놓으려 숨이 차 모악산 연분암에 오른다

한 번 옷깃이 오백 겁 연이라는데, 행여 해할세라 내 눈을 가린 하루살이는 다람쥐와 몇천 겁의 연일까 단박에 내 안에 들어앉은 너는 몇만 겁 연분일까

허락 없이 마음에 담은 업보가 삼십 년 국수 보시라는 공양주 보살, 눈 물로 씻어야 빠지십니다! 자꾸만 새끼손가락으로 비비대는 내게 잔치국수 같은 한말쏨 내놓는다

몇 동이나 더 눈물 쏟아야 너를 들어낼 수 있을까 묻

고 묻는다 탁목조 한 마리 골 흔들리며 목탁을 두드린다

　내 평생은 하루살이의 하루, 연분암 옛 이름은 염불
암이었다

봉선화鳳仙花

불어난 위봉폭포보다 더 쿵쿵거립니다 꽃처럼 가뿐하지 않고 귀 떨어져 나간 저 옥개석보다 무거운 내 마음 탓입니다 위봉사 보광명전 앞마당, 꼭 우산을 씌운 듯한 소나무 아래 돌탑을 돌고 돕니다

천왕문 축대 밑에 봉황을 닮아 피었습니다 행여 쉬이 눈에 띌세라 빨강 아닙니다 두고 온 저 아래 속세처럼 분홍, 분홍입니다 그래요 인연이란 놓기가 더 어려운 거라지요 모래보다 고운 자갈이 턱 턱 발길에 차입니다

돌탑을 도는 내 발걸음이 간간이 우는 천둥보다 쿵쿵거립니다 잠 못 들던 밤, 마음 돌절구에 저 분홍 꽃잎을 찧었었지요 손톱 끝 꽃달이 지기 전에 첫눈이 오시길 빌었고요 딜포 넘게 장마, 파랗게 이끼 앉은 바위보다 축축합니다

6월 7일, 비

달포 가뭄 끝에 비 오신다

비둘기도 낮달맞이꽃도 하냥 젖는다

세내 산책길,
행여 밟힐세라 집 없는 달팽이를
풀숲에 데려다주었다

잘했어, 참 잘했어!
물퉁벙에 빗방울이 자꾸만 동그라미를 친다

우산 접은 나도 따라 젖는다

바람과 풍경風磬

도솔산이 뒤척입니다
나뭇잎이 어서 와 어서 와, 손 까불어
바람이 이는지 모릅니다

선운사 극락전 처마 끝에 풍경이 달려 있네요
물고기 한 마리 매여 있고요
출처를 모르는 바람처럼
가는 곳을 모른 채 평생 헤엄치는 저 물고기
저를 알고 싶었겠지요
허공에 뜬 저를 흔들고 가는 게
어떤 연緣인지 가만 지켜보고 싶었겠지요
눈꺼풀을 잘라 버렸습니다

몸도 없고 색도 없고 향내도 없는 것에 흔들릴 때
저를 흔드는 것이 곧
나뭇잎 같은 제 마음이라는 것 알았을지 모릅니다
바람을 청하는 마음에 몸이 흔들린다는 것을
알았을지 모릅니다

땡그랑 땡그랑 저 물고기
스스로 종메가 되었을 터입니다 바람 따라
어디까지라도 퍼져 나가고 싶어
아프게 제 몸 부딪힙니다

너라는 중독

섶 지고 불 속으로
부나방은 뛰어든다
저 죽을 줄 뻔히 알면서도
사마귀는 암컷을 껴안는다

먹는 자 어리석고
안 먹는 자 더 어리석다지 복어
독 묻은 혀까지
소동파는 씹어 삼켰다지

성城도 나라도 무너뜨렸다는
약담배 한 모금,
당 현종의 눈을 가린 연기처럼
밧줄도 없이 옭아맨다

뵈는 게 없던 게 아니다 부나방
생각 없던 것 아니다 사마귀
제 한 몸 제게 바치는 공양이었다

소매를 걷어 올린다 혈관 깊숙이 꽂는다

아편처럼 스미는 너

여우불

신성리에 갔습니다
마음에 절 한 채 지으라는 듯
갈대밭이 깎여 있더군요

은근 피어올랐습니다
연기도 없이 불붙은
모락모락 속내를 알아챈 듯
그대는 딴청 부렸습니다

갈 데까지 가 보자 다짐한 내게
강 건너 나바위성당 가는 길을 물었습니다
바로 가면 강물이 막고 돌아가면
또 길이 없더군요

여우에 홀린 듯 봄 속을 헤맸습니다

불꽃 없는 불,
필경 마음 데고 말겠지요

내내 아지랑이처럼 어지러웠습니다

부처도 예수도 어쩌지 못하시는, 봄불입니다
분명 여우불입니다

가을 소나타

그렁그렁 머금고 있습니다
고개 들어 올려본 하늘을 톡, 건드리면
팽그르르 떨굴 것 같습니다

여섯 살 손녀의 아침에 빠진 헌 이를 던지면
퐁, 흔적도 없이 받아 줄 것 같습니다

파란 하늘에 오선이 그어져 있습니다
활로 그으면 솔 솔 솔
손가락으로 퉁기면 파 파 파 소리 낼 듯합니다

가운데 두 가닥이 겹쳐 보이는 전깃줄입니다
연미복 신사 제비는 벌써 돌아갔을 터
아침저녁 내려앉아 까치랑 참새가 가을을 연주하겠
지요

전기는 건너가서 세상을 밝히고
새소리는 건너와서 사람을 밝히겠지요

음표는 알아서 그려 넣으라고 비워 두었습니다

기척

히야
고놈 참 송곳 같다

입춘은 열흘이나 남았는데
그 여린 손가락으로
봉창을 뚫었다
송골송골 이마에 맺힌 흙

바위를 뚫고 샘물이 솟듯
겨울을 깨친 저 싹수

아직 움츠린 계절 앞에
아직 어두운 세상 앞에
히아신스, 번쩍 꽃불을 켜겠다

큼 큼 헛기침하듯 찔러대는
봄의 기척

비 갠 아침

바짓가랑이가 젖네요 삼천 변, 나팔꽃과 메꽃을 모르는 아내에게 하트 잎 꽃분홍 나팔꽃이 찡긋 눈을 맞춥니다 노랑 달맞이꽃 아직 서산을 넘지 않았고요

두어 걸음 저만치서 안절부절못합니다 목 떨어져라, 참새가 고개를 흔들어댑니다 실지렁이가 밥티보다 작은 부리를 죄고 있네요

곁눈질하랴 지렁이 떼어 먹으랴, 겁먹은 놈이 바들거립니다 먼 겨울밤 초가집 처마 끝에 손을 넣고 가만 쥐어 보았던 그 온기가, 할딱거리던 심장이 생각나네요 제비가 높게 납니다

참새가 갈잎에 말갛게 부리를 닦습니다 간밤 내린 비로 세수한 세상, 돌담 틈에 숨겨 두었던 유리구슬보다 투명합니다 오라, 하트였구나 따따따 아내가 나팔 꽃잎을 외웁니다

4부

도란도란 양철 대문 집

똥

담장을 뛰어넘어 옥상에 궁둥짝부터 까고 앉는다는
데, 한 무더기 퍼지르며 도둑은 전후좌우 살핀다는데,
안 나오는 똥이 저승사자보다 더 무섭다고 밥숟갈 놓아
버린 아버지, 북망산 기슭에 쪼그려 앉아 망올망올 염소
똥 파내느라 채 저승길 못 살피셨나? 이태째 북망산을
헤매시는지 사나흘 꿈자리가 사납다

오밤중 뒷간 길에 고꾸라져 백 일 넘도록 난리셨지 고
관절 바숴진 어머니, 갓난쟁이도 아니고 어떻게 방에서
똥을 싸나? 요양병원에 누워 고래고래 애먹이셨지 맨정
신에 어찌 남 앞에 아니 자식 앞에 아랫도리를 까나? 두
눈 딱 감고 자는 척 하다 하다 차라리 정신 줄 놓고 싶으
셨겠지 반년도 못 가 딱, 세 살로 돌아가셨지

대사리수제비

콩밭 매랴 고추 따랴,
머릿수건 벗어 검불 같은 어스름 탈탈 털었다
옆집 누님 따라가
칠보천에서 잡아 온 대사리를 삶았다
우러난 국물 같은 이내 속에서
탱자나무 가시로 속살을 뺐다

보릿대는 불땀이 좋았다
마당귀 팔팔 끓는 양은 솥에
대사리 살, 납작 썬 하지감자를 넣고 어머니는
반죽을 뜯었다 바가지 찬물에 첨벙첨벙
물 차는 제비처럼 뜨거운 손을 적셨다

한소끔, 채 썬 애호박에 칼칼한 풋고추
탕탕 마늘 다져 넣고 간 맞췄다
어느 날은 마른 보릿대 불기운에 땀방울이 더 흘렀
던지
짭조름하기도 했다

텀벙텀벙 양은 솥에 뛰어들던 별

가반한 밤, 멍석에 누워 식식거렸다
허리끈 풀어 놓은 줄 용케 알고 모기 떼는 더 극성이
었다
풍년초 말아 피우던 아버지처럼 반딧불이 뻐끔거렸
던가,
오줌보가 터질 듯한 새벽
소쿠리 덮어 놓은 굳은 수제비를 텁텁한 입에 떠 넣
곤 했다
죽 떠먹은 자리는 개자리*의 삽날 자국처럼
움푹했다

* 논을 갈 때 보습이 닿지 않은 구석 땅.

돔방

물려 입는 옷은 돔방했습니다 무녀리 아니랄까 봐 나
보다 목 하나는 없었으니까요

풍년 든 어느 해였을 겁니다 장터 편물점에서 목이
긴 도쿠리*를 짜 입힌 건 할머니였습니다

할아버지와 겸상하며 자라처럼 빼 들던 목, 쑤셔 박
고 싶은 적 많았습니다

야 좆만 한 놈아, 내 동생 왜 때려! 팔짝팔짝, 두어 뼘
은 더 큰 수철이의 안 잡히는 멱살을 잡으려던

겨우 환갑에 죽은, 나보다 세 살이나 어린 형

팔꿈치에 구멍이 나도록 끝내 도쿠리는 물려주지 않
았지요 반 토막 목이 허전해서였을 겁니다

털실 풀어 다시 짜면 내 목조차 돔방할세라 두려워서

였을 겁니다

*턱 밑까지 올라와 목을 감싸는 스웨터.

깻잎조림

뉘 집이라 다르랴만
푹푹 날은 찌고 일은 고되고
백 리나 달아난 식구들 입맛 걱정에

돈 세듯, 푸른 향기를 차곡차곡 접었겠네

텃밭만 한 살림살이
언제 좀 펴지려나,
가슴 졸이듯 졸이고 졸였을

간간한 깻잎조림, 모처럼 밥이 다네

잎 잎 달붙은 깻잎을
지그시 눌러 주는 아내의 밥숟갈에도 한 장
말없이 얹어 주네

찬 투정 아침 밥상이 손바닥만큼 염치없네

졸이고 졸여야 더, 간간해지겠네

나도 세상도

쑥꾹새

사나흘 봄비 내리고

곡기 끊고 죽은
아직 스물하나 막내 고모 떠난 날,
이팝꽃 고봉으로 핀다고 쑥꾹

꽃상여도 못 타고 돌아 나가던 동구 밖
없는 만장처럼 찔레꽃 서럽다고

쑥꾹 쑥꾹 쑥꾹

찔레꽃이 진다고
이팝꽃이 핀다고
쑥꾹새는 목이 쉬어 쑥꾹 쑥꾹거리고

날 버려 서럽다는 건지
너 없인 숨 안 쉬어진다는 건지
알아먹을 수 없는 나도

쑤꾹 쑤꾹
죽은 막내 고모처럼 컥, 컥 숨 막히고

사나흘 봄비는 내리고
스물하나도 아닌 나를
불명산 화암사 극락전 아미타 부처님은
알 듯 모를 듯 웃으시고

양철 대문 집

대문짝 돌쩌귀가 빠져나간 집 마당 가득 망초가 우거
진 집 무너진 담장 위로 찔레꽃이 소복한 집 처마 끝에
왕거미가 세 든 집 뒤란 늙은 먹감나무 아래 빈 의자가
주저앉은 집 비우며 자물쇠도 안 채운 집 창호지 찢고
바람이 드나드는 집 두레 밥상에 쥐똥 한 상 잘 차려진
집 이따금 이웃집 개가 짖어 주는 집 아무도 달력을 넘
기지 않는 집 언제까지나 2015년 을미년 9월인 집

마당에 싸리비 자국 정갈하던 집 빨랫줄에 빨래가
고슬고슬 말라 가던 집 텃밭에 장다리꽃 곱던 집 바람
벽 수건으로 말갛게 얼굴 닦던 집 복福 자 밥사발에 밥
담고 목숨壽 자 대접에 국 푸던 집 십오 촉 형광등 아래
달그락 겸상하던 집 시월 보름 아버지 생신상 차리던 집
반질반질 마루가 윤나던 집 숟가락 통에 숟가락이 많던
집 명절에 내려올 자식들 미리 기다리던 집 내 태가 묻
혀 있는 도란도란 양철 대문 집

묵

미륵 부처는 오십육억칠천만 년 후에나 오신다네 자꾸만 미끄러지며 미륵산에 오르네

없는 친정보다 낫다는 가을 산, 알밤은 늦었어도 도토리가 지천이네 다람쥐 볼테기처럼 주머니 금세 빵빵하네

아니, 도토리 주우러 왔어? 빨리 와! 재촉 안 들리는 척 묵묵히 줍네 눈 가기 전 손이 절로 가네

채반에 널고 껍데기 까 사나흘 떫은맛 우려내겠네 일없이 돌절구에 빻겠네 가을 달래 양념장에 한 젓가락, 바들바들 떨겠네

사는 일, 묵 집듯 바들거렸다고 수시로 묵사발 되었다고는 말하지 않으려네 미륵산이 도토리를 톡, 톡 떨구네

빈말 빗말

입술에 침 발랐었네
산수유 피면 꽃구경 가자고
감자밭 로터리 치기 전에
고추밭 비닐 멀칭 전에
온천물에 언 몸 담그고 오자고

황사 바람에 꽃 진 자리
딱지가 앉도록
까맣게, 까맣게 잊을 일도 없었네
입술에 침 바른 줄

딸은 아니 며느리 내보낸다는
봄볕에 그을리기 전
간만에 립스틱 바르고 기다렸었다네

앞산의 어머님도
새 신은 꼭 내년 설에나 사 신겼네
새 옷은 잘난 형만 사 입혔네

입술에 침 바르고 시침 툭 떼셨었네

그럼 그렇지, 해는 동쪽에서 뜨지!
이골 난 아내가
말끔하게 입술 지워 버렸네
빨갛게 산수유 앞니로 까던 구례 산동 처녀들처럼
다신 립스틱 바를 일 없다네

됫박

줄 세워 됫박질했다 산 넘고 물 건너 삼십 리 절간에
서 하룻밤 먹고 잘 한 됫박, 벚꽃 길 따라 소풍 온 오 학
년짜리는 한 발 두 발 뒷걸음쳤다 간이 콩알만 해졌다
족히 두 홉은 빠징만, 됫박이 말[斗]보다 컸다 꼬꿉쟁이
어머니가 낙낙하게 되어 주었을 리 만무, 됫박질하는 보
살이 사천왕보다 더 무서웠다 어쩐다냐, 정임이 그 가시
내 앞에서 톡톡히 창피당하게 생겼다 나는 댓 사람 뒤
로 더 뒷걸음질 쳤다 되어 보나 마나 뻔허지, 끌끌 혀를
차던 공양주 보살이 그냥 다 쏟아라! 했다 휴— 서너 놈
새치기해 다라이에 쏟아붓느라 야단법석을 떨었다 미
륵전 부처님 발아래 엄청나게 큰 솥을 더듬어 보고야
알았다 삼천 명 밥 지으려니 일일이 됫박질했던 거구나,

바다가 꼭 바다에만 있는 게 아니라는 걸 귀띔해 준
금산사 초입 바다, 눈 씻고 보니 저수지다 보자기 쌀을
되던 말보다 컸던 됫박도 겨우 종재기겠다 어머니는 금
쪽같은 자식새끼 먹을 쌀 한 홉 덜어냈을 리 만무다 됫
박됫박 내가 지레 겁먹었겠다 요사채 앞 벚꽃 진 지 이

미 오래

섣달

동글납작 늙은 호박을 깎는다
반달 달챙이로 긁다가
소고깃국에 무 뻐져 넣듯 깎는다

고치 속 번데기처럼 호박씨를
칼도 안 먹는 딴딴한 살이
보드랍게 품고 있다

푸를 땐 푸르게
누럴 땐 또 서리 맞아 누렇게
없는 척 풀숲에서 잘도 늙었다
받아 놓은 한 움큼 씨
까서 설에 올 손주놈 입에 넣어 줘야겠다
내년 봄 밭두에 묻어야겠다

젊은 팔뚝의 알통 같은
늙은 호박을 무르도록 삶는다
툭 툭 씹히라고

삶아 둔 녹두도 푸르게 넣는다

한세상 참 잘 익은 호박으로 죽을 쑨다
두런두런 달보드레 깊어 가는
섣달 스무사흘 밤

새콤달콤

머리 떼고 꼬리 떼고
소금물에 데쳐 찬물에 헹궜지

말린 고구마 줄기 삶아 불려 두고
미역 줄거리 채 썰었지
콩나물 키 맞춰 대파 썰고 당근
채 썬 무에 태양초 고춧가루 파 마늘 생강

아삭아삭 서울 셋째 아들도
게미 있는 전주 고명딸도
욕심껏 싸 들고 갔지

물만 주면 쑥쑥 시루 속 콩나물처럼
지 식들 무탈하고 홀쩍했지
당면 대신 콩나물에
당근 대파 미나리가 미역 줄거리가
영락없는 손녀딸 색동저고리였지

설에 잡채 빠지면 섭하지, 아암

아내가 흉내 내네 콩나물잡채

쉿! 거두절미

설탕 말고 뉴슈가에 파란 병 빙초산, 정읍댁이

맏며느리만 물려준 비법이네

새콤달콤

능금나무가 있던 집

시름시름 앓던 집이 기어이 주저앉았습니다 말갛게 행주 칠 안주인이 없다는 걸 알았겠지요 누군가 장독을 들어낸 뒤였습니다 철사로 테를 메운 소금 항아리 빼곤 장독대가 휑했습니다 안방 사진틀 아래 걸어 두었던 봉황 문양의 아버지 손목시계도 온데간데없습니다 지나간 시절은 다시 오지 못한다는 걸 아는 이의 소행이겠지요

생각만으로도 입안 가득 침이 고이는 빨갛게 능금이 익어 가던 집, 들어낸 터가 생각보다 넓습니다 내 허물이 크고 넓습니다 내년엔 별인 듯 하양 보라 도라지꽃을 피우겠습니다 먼 여름밤 멍석에 누워 건너던 은하수를 흘리겠습니다 마당 그 자리에 시디신 홍옥 한 그루 심어 주렁주렁 유년을 매달겠습니다

제 맘대로 드나들려 바람이 뜯어냈을까요, 대문짝 없는 설주의 문패를 모셔 왔습니다 빈 집터를 아무리 훑어봐도 차곡차곡 습자지처럼 쌓여 있을 세월은 없었습

니다 아버지 만나러, 어머니 곱게 단장하고 가신 지 삼
년째입니다

안성문

사관학교?
거푸 미역국을 먹은 건
아버지 소원 풀이 못 한 건
무녀리 작은 키 때문이었다
전고全高 3년 내내 맨 앞줄이었으니

아홉 살이나 더 먹은 이름을
뒷집 똥개처럼 불러댔다
성 서엉무나,
방앗간 머슴방에 못 따라간 화풀이었다

내가 왕싸가지였던 건
소수서원 안향 할아버지 말고는
탕 탕! 하얼빈 역 안중근 의사 빼 고는
잘난 조상을 몰라서였다
국민학교 문턱도 못 밟아 본
아버지 탓이었다

쉰 넘어
설날 추석날 꼭 큰절을 올린다
그것도 두 번씩
싹수없이 맞먹은 죗값으로다가

늦철 난 동생이 흐뭇해선지
절값 한 푼 못 주는 것이 염치없어선지
그저 웃는다, 형님

겨울 2악장*

입춘 지난 저수지에
팟빛이 번지네
죽나무 가지 위 빈 까치집 털어
시든 모닥불을 살리고 싶네
청둥오리 댓 마리 물질을 끝내네
어둠은 금세 밀려올 것이네
서산마루 노을이 꼭
아버지 만나러 가시는 길에
곱게 염습한 어머니의 연지처럼 서럽네
기러기 떼 북으로 줄을 잇네
겨울 2악장을 끝낸 하루가
그날 어머니의 손처럼 식어만 가네
그만 시동을 켜네
3악장은 차마 안 들으려네
청둥오리 떼 어스름에 스민
저녁 6시 24분
어둑한 마을에도 이따금 등불은 돋네
어딜 가셨나, 어머니 집 텅 비었네

주파수 잘못 맞춘 라디오처럼

나 지직거리네

* 안토니오 비발디 바이올린 협주곡 〈사계〉 중.

툇마루

봄볕에 끌려 나왔을까요? 툇마루에 앉아 먼산바라
기를 했습니다 습관인 듯 한숨이 깊었습니다 품에 안은
고양이를 자꾸만 쓰다듬는 손이 옥양목처럼 희었습니
다 나를 업어 키웠다는 막내 고모, 오 학년짜리가 알 수
없는 속병이 든 게 분명했습니다 문틈으로 가만 내다보
던 할머니가 툭 툭 주먹으로 당신 가슴을 쳤었던 성싶
고요 그래요 생울타리 명자꽃이 유난히 붉던 봄이었습
니다 고모는 세상에도 없는 노래를 속으로만 불렀습니
다 아무것도 모르는 어린 나는 툇마루에 기대앉은 고
모가 참 불쌍했습니다

사나흘 봄비, 처마 끝 낙숫물에 마당이 패었습니다
왜 고모 앞쪽이 더 깊게 패었는지는 모를 일이었습니다
문득 돌아다본 막내 고모가 폐병 든 여자처럼 고왔습니
다 명자꽃이 한창이던 이듬해 봄, 툇마루를 내려와 고
모는 꽃가마를 탔습니다 대문 앞에 엎어 둔 바가지를 밟
고 서럽게 떠나갔습니다 소리 소문 없이 기와집 머슴이
사라진 지 삼 년 만이었습니다

지나간 시절과 지금

김정빈(문학평론가)

Q. 다음 중 성격이 다른 단어 그룹은?
① 아침 점심 저녁
② 어린이 청소년 어른 노인
③ 봄 여름 가을 겨울
④ 3월 4월 5월 6월

위의 퀴즈는 난센스 퀴즈 같은 것으로, 각자 생각하는 방식을 알아보기 위한 질문이다. 정답은 따로 없고, 각자 자신만의 이유가 타당하면 자신이 고른 답이 곧 정답이다. 가장 눈에 띄는 답은 4번이다. 4번 혼자 아라비아 숫자가 있기도 하고, 4번 혼자 하나의 범위를 완전히 이루지 못해 미완성으로 보이기도 한다. 그런데 누군가는 2번을 고를 수도 있겠다. 나머지는 저녁이 가면 아침이 다시 시작되고, 겨울이 가면 봄이 다시 시작되듯이 순환 구조를 이루고 있지만, 2번은 그렇지 않다.

그런데 위의 이유로 2번을 정답이라고 하기엔 괜한 거부감이 들지 않는가? 윤회 사상에 따르면 2번 또한 순환 구조라며 반박할 수도 있겠다. 나의 경우 그것보다는 더 근본적인 위화감이 들었다. 왜, 나이가 들면 다시 어린아이가 된다는 말도 있지 않는가. 함께 노약자로 묶이는 것 또한 그렇고, 무의식중에 노인과 어린이가 닮았다고 생각한 듯하다.

안성덕의 시에서도 노인과 어린아이가 나란히 앉아 닮아 있는 모습이 종종 보인다. 예를 들면 나란히 아이스크림을 먹는 모습이 있겠다. 금세 먹어 버릴세라 "누가바를 못 깨"무는 노인과 아까울 것 없어 "파랗게 쭈쭈바를 빠"는 아이 모습이 그렇다.(「눈썹 처마 아래 쪼그려」) 또, 어떤 요양원 나들이는 유치원 나들이처럼 보이기도 한다.

노을반 아가 예닐곱
나들이 갑니다
앞서거니 뒤서거니 행여 길 놓칠세라

가슴팍에 단 콧수건도 없이
기저귀에 지린 간밤처럼
애기똥풀 노랗게 번진 둑길을 갑니다
재활보호사 선생님 따라
병아리마냥
뿅 뿅 뿅 앞만 보고 갑니다

은빛요양원 언덕바지 개나리꽃

이미 졌고요

　　　　　　　　　　—「개나리꽃 이미 졌고요」전문

　처음 "노을반 아가"라고 불리던 대상은 언뜻 보면 유
치원 아이들처럼 보이지만, 뒤이어 등장하는 "재활보호
사", "은빛요양원"과 같은 시어를 통해 그 정체를 유추할
수 있다. 뿅 뿅 뿅 걷는 아이들의 모습과 요양원 환자들
의 모습이 서로 교차하며 그 간극에 여운이 남는다. 아
이들이나 요양원 환자들이나, 하나같이 줄 서는 데 서
툴러 "앞서거니 뒤서거니" 하고, 옛날 아이 때처럼 콧수
건도 달지 않은 이들이 요양원 환자인 것을 깨닫고 나
면 괜한 슬픔이 인다. 아이와 요양원 환자 사이에 먼 세
월이 있기 때문이다. 그 세월을 헤아려 보고 있으면 슬
프다.

　(중략) 지니는 정말 좋겠다 엄마가 있어서, 할아버지는
엄마가 없어 슬퍼, 자꾸 눈물이 나, 말 채 끝나기도 전 내
어깨를 감싼 녀석 토닥입니다 울지 마, 조금만 기다려, 내
가 얼른 어른 돼서 할아버지 엄마 해 줄게,

울지 말라면서 울립니다 어린것이 울고 싶은 할애비
뺨을 때립니다 나보다 먼저 치매 걸릴 일 절대 없을 병아
리 엄마는 죽어도 아들을 잊어 먹지 않겠지요 어머님 삼
주기 이튿날입니다

―「엄마 생각」 부분

엄마가 보고 싶은 것은 똑같은 모양새인데, 네 살배기
아이의 위로에 눈물이 나는 것 또한 마찬가지다. 아이는
"얼른 어른 돼서 할아버지 엄마 해" 준다고 하지만, 우리
는 엄마가 그런 식으로 채워질 수 없음을 안다. 그래서
순진한 위로가 기특하기도 하고 슬프기도 하다.

모든 청춘은 늙어 본 적 없지만, 모든 노년은 젊어 본
적 있다. 그래서 그들은 "걸핏하면 왕년을 들먹거린다."
(「수렵의 습성」) 하지만 이렇게 소환된 왕년은 곧 초라해
지고 슬퍼지는데, 모두 지나간 것이기 때문이다. 다시 왕
년의 파란만장함을 펼칠 수 없기 때문이다. 돌아올 수
없는 것을 많이 알수록 슬프다면, 나이 듦은 모쪼록 슬
플 수밖에 없다.

사람도 시절도
바람처럼 지나가 버렸네
계절만 오가고, 끝내 당신은 오지 않을

춘포역春浦驛 플랫폼

소리 없이 기적이 우네

—「춘포역」 부분

불러 본다고 다시 노래가 되랴

시절이 다시 오랴

—「허밍」 부분

지나간 시절이 찬란했을수록 회상은 애달프다. "사람
도 시절도" 이제는 폐역의 플랫폼에 비유될 때, 이제는
목청껏 시절을 노래할 수 없어 허밍만 한다고 서술할 때,
다시 돌아오지 못한다는 자각은 더 선명해진다. 이런 자
각 아래, 아웅다웅 두발자전거를 배우던 순간(「동물의
왕국」)같이 어릴 적 기억을 다시 되짚어 보는 것은 그 자
체로 흐뭇하고 따스하지만 그 끝에는 허전함이 다시 온
다. 추억은 한창 생생히 회상할 때에는 신나지만, 더듬더
듬 다시 현재로 돌아올 때는 공허한 법이다.

분명 안성덕의 이번 시집에서는 서글픈 노년의 모습
이 있다. 어떤 시에서는 아들뻘 되는 신입생이 일부러
못 본 체하는, 유령 취급당하는 "인문대 화장실" 청소부
(「눈감아 주다」)가 등장하고, 어떤 시에서는 "늙은 짐꾼

120

은 짐이 될 뿐"이라며 초라한 모습을 더 비추기도 한다.
하지만 그가 나이 듦을 슬프게만 바라보는 것은 아니다.

> 늙은 짐꾼은 짐이 될 뿐
> 이미 아무도 짐을 주지 않는다
>
> (중략)
>
> 평생 짐 졌던 자는 안다
> 빈 지게가 더 무겁다는 것
>
> ―「포터 마하리」부분

"평생"의 총량을 웬만큼 채운 사람의 특권은 지나간
사람들을 다시 굽어볼 수 있다는 것이다. 처음 사람을
마주할 때는 미처 알아채지 못했던 것을, 돌이켜 보면
깨닫는 것이다. "늙은 짐꾼"이 짐처럼 보이다가, 나중에
보니 늙은 짐꾼이 지고 있던 "빈 지게"가 더 무거웠음을
깨닫는 것처럼 말이다. 시인은 종종 지나간 사람들을 같
은 이름으로 소환하여 돌이켜 본다.
"겨우 환갑에 죽은, 나보다 세 살이나 어린 형"(「돔방」)
이 "늦철 난 동생이 흐뭇해서"(「안성문」) 웃었던 것이 아
닐까 추측해 보고, "곡기 끊고 죽은/아직 스물하나 막내

고모"(「쑤꾹새」)를 돌이켜 보며 "오 학년짜리가 알 수 없
는 속병이 든 게 분명했"(「툇마루」)음을 깨닫는 것이 그
렇다. 여기서 지나간 사람들을 돌이켜 보는 일은 그 시
절의 '나'를 목격하는 일이기도 하다. 나보다 어린 형의
시선으로 쉰 넘은 '나'를 목격하고, 막내 고모를 바라보
는 오 학년짜리 '나'를 다시 목격하며 그때 알아차리지
못했던 것을 다시 깨닫는 것도 결국 '나'다. 지나간 사람
을 돌이켜 본다는 것은 그 시절의 '나'를 경유하여 결국
현재의 '나'로 돌아오는 일이다.

대문짝 돌쩌귀가 빠져나간 집 마당 가득 망초가 우거
진 집 무너진 담장 위로 찔레꽃이 소복한 집 처마 끝에 왕
거미가 세 든 집 뒤란 늙은 먹감나무 아래 빈 의자가 주저
앉은 집 비우며 자물쇠도 안 채운 집 창호지 찢고 바람이
드나드는 집 두레 밥상에 쥐똥 한 상 잘 차려진 집 이따금
이웃집 개가 짖어 주는 집 아무도 달력을 넘기지 않는 집
언제까지나 2015년 을미년 9월인 집

마당에 싸리비 자국 정갈하던 집 빨랫줄에 빨래가 고
슬고슬 말라 가던 집 텃밭에 장다리꽃 곱던 집 바람벽 수
건으로 말갛게 얼굴 닦던 집 복 福 자 밥사발에 밥 담고
목숨 壽 자 대접에 국 푸던 집 십오 촉 형광등 아래 달그

락 겸상하던 집 시월 보름 아버지 생신상 차리던 집 반질
반질 마루가 윤나던 집 숟가락 통에 숟가락이 많던 집 명
절에 내려올 자식들 미리 기다리던 집 내 태가 묻혀 있는
도란도란 양철 대문 집

　　　　　　　　　　　　　　　—「양철 대문 집」 전문

　다 무너져 가는 으스스한 분위기의 양철 대문 집이
과거의 도란도란한 모습과 대비된다. 폐가는 그 집에 얽
힌 사연을 모를 때만 무서운 것이지, 과거의 북적이던 시
절을 기억하는 사람에게는 그리운 것이 된다. "내"가 "명
절에 내려올 자식들 미리 기다리던 집"을 기억하는 한,
아무리 담장이 무너지고 거미줄 쳐 있어도 그 집은 "내"
게 "도란도란 양철 대문 집"이다.
　이제 더 이상 추억은 초라하거나 슬픈 일이 아니다, 추
억은 다시 재현될 수 없어 허전할지언정, 내가 실제로 겪
었던 일이므로 그 의의를 갖는다. 개인에게만큼은 그 자
체로 힘이 있다. 내 안에 고여 있는 그 시절을 꺼내 볼수
록, 다시 새롭게 남기 때문이다.
　결국 지나간 사람을 돌이키는 것은, 다시 오지 못할
지라도 그 시절이 나에게 남아 있음을 공고히 하는 일이
다. 그러니까 시절은 사람으로 남는다. "지나간 사람"은
곧 사람이자 "찰나 같은" 그 시절을 말한다 볼 수 있겠

다.(「지나간 사람」)

분명했네
분간할 수 없었던 티끌이
별만큼 보이다가 달이었네
점점, 사람이었네

달보드레한 눈빛 건넬 겨를 없이
차오르는 숨 불어 줄 틈 없이
순간이었네
달이었던 사람 티끌로 멀어졌네
두근거리던 심장,
솜털 잠시 쏠렸던가

마주 오는 사람 아니라 이미
지나간 사람이었네
오늘 아침 아니라 벌써
어제 아침이었네

별이었다가 달이었다가 다시 티끌이 되어 버린
찰나 같은

—「지나간 사람」 전문

시절을 사람으로 기억한다면, 시집의 구석구석 사람들의 모습이 정겹게 보이는 것 또한 이러한 시인의 시선으로 이해할 수 있다. 한글 고급반의 할머니들(「맛있는 오독」), 새콤달콤한 잡채를 온 가족이 싸 들고 가는 모습(「새콤달콤」)이나, 계란 장수, 손두부 집 할 것 없이 각자의 사정을 훤히 꿰뚫고 있는 시장(「모래내시장」)에서 사람을 따스하게 바라보는 시인의 시선을 읽을 수 있다.

> 허리 아프다 한나절
> 빈둥대기는 누워 떡 먹기가 아니다
>
> 한여름 붐비던 다리 밑
> 노부부가 비둘기에게 무료를 던져 준다
> 일없다는 듯 비둘기
> 구구구 대꾸 없다
> 일 없어 나앉아 있는 냇가
> 냇물은 제 갈 길 간다
>
> 그 옛적 농사꾼 아버지
> 눈뜨시랴 코 뜨시랴
> 하루가 이틀이었으면, 하셨지만
> 한 달이 하루였으면 딱 좋겠다

아침 먹고 점심 먹고 또 저녁 먹어야 하고
먹는 일이 일이다

갈대숲 참새 떼 어제처럼 재잘, 재잘거린다
저 물소리는 어제 그 물소릴까?
게으른 놈 핑계 대기 좋게
일없이 부슬비 내리고

—「일 없다」 전문

    진솔하고도 구수한 시 앞에 이러쿵저러쿵 말 얹어서
뭐하나 싶지만, 마지막으로 한 편을 더 읽어 보자. 시의
화자는 한나절 빈둥대는 것이 이제 "허리 아프다"고 하
고, 화자가 바라보는 어느 노부부는 너무 심심하여 비
둘기에게 먹이를 던져 주고도 외면받는다. "하루가 이틀
이었으면," 하고 바라던 "농사꾼 아버지"를 떠올리고는
"한 달이 하루였으면 딱 좋겠다"며 이와 정반대되는 현
재 자신의 마음을 비춘다. 언뜻 보면 "먹는 일이 일"이라
며 한탄하는, 귀찮고 무료하고 허리가 불편한 시로 읽을
수 있다.
    그런데 "일없다"는 말이 소용없다라는 뜻도 되지만,
걱정할 필요가 없다는 뜻으로도 쓰인다. 북한에서는 괜
찮다는 뜻으로도 쓰인다고 한다. 비둘기의 일없음과 냇

가에 나와 앉아 있는 일 없음은 다르다. 시를 가만히 살펴보면 한여름 비둘기들에게도 먹이를 던져 주고, 비둘기를 구경하고, 냇가 앉아 물소리를 가만히 듣고 있고, 갈대숲 사이의 참새 떼 재잘거리는 소리도 듣는 풍경이 펼쳐진다. 한여름 물가에서 더위를 식히다가 부슬비 내려 주춤 자리를 뜨는 '일없음'은 무료함보다 여유에 가깝다. "감은 트랙 째깍째깍 풀어 가며"(「트랙 위의 사내」) 뛰어온 후에 갖는 숨 돌림에 가깝다.

안성덕의 시집을 살펴본 후 다시 만난 이 시는 이제 여러 사람을 만나고, 지나치고, 지나간 사람을 다시 돌이켜 보기를 여러 번 겪은 소감으로 읽힌다. 어떤 대단한 변화가 있거나, 큼지막한 사건, 즉 일이 없는 시간도, 그러니까 대다수의 '지금'이 어떻게 따뜻할 수 있는지 몸소 보여 주는 시로 읽힌다.

깜깜

2023년 11월 7일 1판 1쇄 펴냄

지은이   안성덕

펴낸이   김성규

편집   김안녕 한도연

디자인   신아영 이인영

펴낸곳   걷는사람

주소   서울 마포구 월드컵로16길 51 서교자이빌 304호

전화   02 323 2602

팩스   02 323 2603

등록   2016년 11월 18일 제25100-2016-000083호

ISBN 979-11-93412-08-4 04810

ISBN 979-11-89128-01-2 (세트)

* 이 도서는 2023년도 전라북도 문화관광재단 지역문화예술육성지원사업의 지원을
받았습니다.
* 이 책 내용의 전부 또는 일부를 재사용하려면 반드시 지은이와 출판사의 동의를
얻어야 합니다.
* 잘못된 책은 교환해 드립니다.